長大後，不想忘記的事

——不小心就變成討厭的大人了

林佩妤　著

推薦序

每個身為父母親的大人，都曾經是個孩子，都曾有過屬於孩子共同的調皮搗蛋，也會有莫名的煩惱與悲傷時刻。

但是，這些青澀難以訴說的情感，卻在逐漸長大中忘記了，甚至不知不覺中，變成了當年自己最討厭的那種大人，那些小時候最不想聽到的話語，如今卻很順暢地對著孩子叨叨念。

這本「長大後不想忘記的事」，彷彿時光機，作者引領我們找回童年那細緻敏感的心，闔起書頁後，會更溫柔體貼的對待我們自己，以及現在或未來出現在我們面前的孩子。

知名親子作家　李偉文

「快樂的時候笑，難過的時候哭」，這人類發自本能的情緒反應，是我五個月大的兒子教我的。

但曾幾何時，我們變成「快樂的時候不敢笑，難過的時候不許哭」，久了以後，竟忘了如何盡情的哭和笑。難道這就是成長必須付出的代價，大人世界的潛規則？

不！長大要學會的，只有一件，真誠的面對自己，和笑的人一起笑，和哭的人一起哭。

謝謝作者佩妤，透過這本書提醒我，在教學的生涯中，不能忘記的，最重要的小事。

瘋狂教師 youtuber　瘋狂理查

這是一本很可愛的書，記錄了很多可愛的時光；這也是一本沒那麼可愛的書，讓我們看見自己不該失去，卻快找不回的東西。

這本書適合睡前閱讀，滌淨被生活蒙上的塵汙，然後甜甜地入睡；這本書也適合通勤時閱讀，在短短的片刻放空自己，墜進一段單純美好的歲月。

適合心情好的時候閱讀，和輕巧的字句一起微笑；也適合心情不好時閱讀，看看快樂本該是一件多麼簡單的事情。

當然，適合現在就讀。

新竹女中校長　呂淑美

作者序

「所有的大人都曾經是小孩，雖然，只有少數的人記得。」——《小王子》

忘了從十幾歲開始，我害怕長大，害怕所有伴隨而來的失去；好像那意味著很多場離別，很多偽裝很多自我安慰，和很多沒有選擇的取捨。

是真的嗎？我們都會忘記少了顆門牙仍咧嘴燦笑的自己嗎？

但在乎起不同的事，學習順著世界的規則，不就是個必經的過程嗎？不代表我們一定會成為討厭的大人吧？

所以拾起沿途的一些碎片，然後記下來了。希望為童年找到安放之處，知道它們都好好待在回憶裡以後，我能更勇敢地和向前的時光並行。

也希望你們都能在這裡找到，一些不想遺落的什麼。

《長大後，不想忘記的事》作者　林佩妤

目次

快要長大的時候

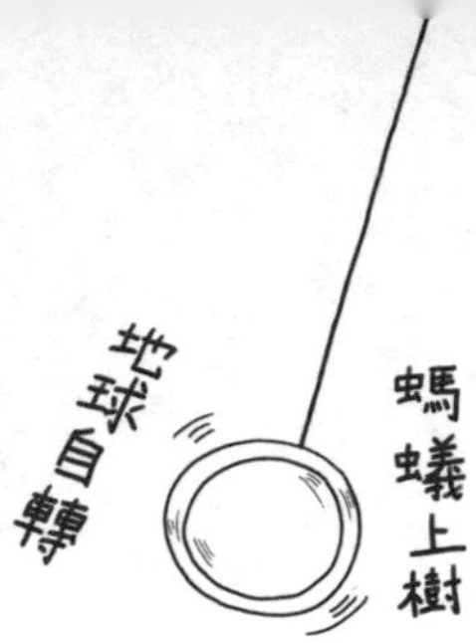

不大不小的時候

很小很小的時候

快要長大的時候

出走

女孩一手托著下巴，手肘抵在書桌上，望著窗外，一群鳥兒排成人字緩緩飛過。

「好想和牠們一起飛走喔……」女孩心想。

去哪裡都好，最好是很遠很遠的地方。沒有寫不完的作業和考卷，沒有人告訴她該怎麼做每件事，不會看到討厭的親戚和鄰居。

她看膩這座城市了，以後，她一定要考上一所遠遠的學校，在外頭自己租房子住；乾脆出國當留學生好了，去看更大的世界，過更新鮮的生活。

好想去未來，就算只有幾年後也好。在那個時候，她一定會長得更高更瘦，滿臉的痘痘都會消失；她會更聰明，會知道很多問題的答案，而且過著很自由，什麼都能自己決定的日子。

「唉，窗外的鳥兒已經飛遠了，好想離開這裡喔。」

長大以後，她羨慕的依然是候鳥，
不論去了多遠的地方，兜兜轉轉後
總能回家。

改制服

今天男孩走進校門時格外瀟灑，腰挺得特別直，下巴抬得特別高。

改過的褲管合身地貼在腿上，是他不絕的自信來源。男孩出門前在鏡前流連了好久，只覺得鏡子裡那個人特別修長有型，他都差點認不得了！

他想，自己終於真正像個學長了。終於可以帥氣地邁著長腿，成為最酷的那群人；可以接受學弟的羨慕、學妹崇拜的眼神洗禮……

聽見有人喊他，男孩慢下腳步，正準備不經意地回頭，突然回過神，發現那人喊的是他的學號。

「就是在叫你！發什麼呆！」

教官邁著大步走來，還氣沖沖地指著他：「學人家改什麼褲子！是來上學還是當流氓的啊！這是什麼樣子，能看嗎？」

男孩的目光往兩旁匆匆一掃，所有走進校門的學生現在都盯著他看了，全是等著看好戲的竊笑。

「跟我去教官室！」被一把抓住，男孩漲紅了臉，頭低低垂著，恨不得能埋進領口裡。

怎麼會是這樣啦……

我們總想變得特別，又害怕真的獨一無二。

發考卷

「拜託是我的，拜託是我的……」

老師微笑著，優雅地遞出一張張考卷。她總是從最高分發起，隨著聽見的數字漸漸變小，女孩的心也漸漸下沉。

腦海中浮現媽媽手持考卷，怒火從眼睛一路燒到頭頂的樣子，她就覺得手腳發軟。「拜託是我的，」女孩緊張地搓揉著桌子下的手，「拜託下一張就是我的……」

老師的笑容已經被皺眉取代，她的聲音逐漸拔高，夾雜幾句不耐煩的歎聲，連分數都不太願意唸了。考卷從她手中飛出，一張張都滿是紅字。

女孩的心一定掉到胃那裡去了，不然怎麼連肚子都開始痛？

「拜託是我的，」一直沒有聽見自己名字的她心想，「拜託下一張一定要是我的……」

大家都盯著分數，什麼時候才會有人看見，她有多努力呢？

痘痘

「好啊！」女孩捲起袖子，冷冷地勾起嘴角，「我們這就來決一死戰吧！」

她彎腰湊到鏡前，兩手食指貼在額頭上，中間是顆飽滿的痘痘，發黃的膿包挺立在淡紅的皮膚上。她先輕輕推了下痘痘，感覺不是太痛，接著快速一擠——

「啵！」一坨淺黃色衝出表皮，女孩痛快又得意地笑了，好像一顆過飽的氣球突然在心裡洩氣的感覺。

燈光下，傷口裡看起來還有些亮亮的東西，女孩再一次出手，才輕輕一碰，那塊皮膚就刺痛了起來；她咬住下唇，食指持續用力，冒出的卻是一滴殷紅。

「啊！」女孩連忙抽了張面紙，蓋住慢慢擴散開來的血點，後知後覺地有點後悔。

這下子肯定要留疤了吧……

算了，誰的青春不留疤嘛！

學長

「欸欸欸！是那個學長欸！」

原本嘰嘰喳喳的女孩們瞬間噤了聲，順著最前頭那人手指的方向看過去。一看見逐漸靠近的挺拔身影，所有人的眼睛都亮了。

她們默契十足地慢下步伐，雙手並用地梳理瀏海、順好裙擺，不著痕跡地，把全身上下可以整理的地方都摸了一遍。她們壓低聲音說話，話題卻總是隨著不安定的目光飄走，除了掩嘴咯咯笑幾聲，其實誰也沒注意對方說了什麼。

就要擦身而過了——肆無忌憚的目光突然都收斂下來，女孩們不自然地勾著頭髮，垂下頭，眼神往旁邊一晃，就像怕觸電似地迅速收回。學長一走近，空氣的流動全被擾亂了。過於突兀的靜默沉沉壓下，但她們好像全忘了怎麼說話，一直到學長的背影離得好遠，才恢復正常的呼吸。

「天啊！怎麼有人這麼帥啊！」

「要是我早出生一年該有多好⋯⋯」

要是早出生一年，喜歡的就是別的學長了！

大考前

頭彷彿失去支點迅速墜向桌面，男孩猛然睜開眼，剛從手中滑出的原子筆在講義上留下長長的藍色軌跡。

他不好意思地往左右張望，才發現根本沒有一雙清醒的眼睛。從前後左右看過去都是成排相同的姿勢，駝背，頭低四十五度，瞪著桌面的雙眼不是一眨一眨，和睡意打著架，就是被密密麻麻的鉛字印得汙濁。空氣凝滯了，整間教室像一幅沒有靈魂的圖畫。

唯一有精神的，是白板一角的大考倒數，張牙舞爪的鮮紅。

「成功屬於走到最後的人！學生時代辛苦一點，撐過這些難關，未來就是你的了！」講台上的老師激昂地喊話，他揮舞手臂，試著撼動一片沉悶的空氣。

但不知為何，男孩只覺得很蒼白，很空洞，像一聲垂死的呼救。

老師沒說的是，撐過這些難關之後，還有一個更艱難的世界。

病例號碼：52099　**病歷表**

病名：追星症候群

潛伏期：因人而異，幾乎無法捉摸

症狀：

1. 時常在聽音樂、看著照片時傻笑
2. 出現幻覺，自稱某某人的太太（先生）或女友（男友）
3. 大腦記憶體被許多日期佔滿，
   如：偶像生日、專輯發行日、演唱會售票日……
4. 易受某些關鍵字引發激烈反應
5. 患者間常出現旁人無法理解的語言
6. 出現額外開銷，有大量購買海報、小卡及其他周邊商品等需求

更多相關症狀有待醫療單位進一步研究確認

特殊情形(病變)：

受強烈刺激（如更年輕更好看的偶像團體)時，
病原體可能發生轉移，將高機率拉長痊癒所需的時間。

處方：

1. 以偶像的負面新聞重重打擊（成功機率40%）
2. 若前者無效，則時間是唯一良藥，只能靜待其症狀隨時間減輕，最後痊癒

旁人不會懂，他們生的是一場甘之如飴的病，追的是一段喜歡著遙不可及的人時，發亮的青春。

小鏡子

「啊！等我一下！」

站在門口，女孩突然慌張地大叫一聲，把身上的每個口袋都摸遍了，什麼也沒找到。

差點就忘記她的寶物了！

平時，她一定會把它放在包包最容易拿到的那個夾層，或褲子的口袋裡。它隨時都可能派上用場，因為女孩不能忍受自己有一刻出現瑕疵。

吃完東西時，走了幾步後，她都一定要看一下它，把自己打理得整整齊齊，不然不能見人。沒事的時候，她也喜歡盯著它，檢查自己是不是哪裡又冒了痘痘。她無法想像沒有這個寶物的生活，要是吹來了一陣風，她都沒辦法檢查自己的瀏海是不是還整齊地躺著……

不行！太可怕了！

「我的小鏡子！」女孩一邊跑回房間，一邊在心裡大喊：我絕對不能沒有小鏡子！

沒辦法，誰叫這是個看外表的世界啊。

罰站

「吼！你很幼稚欸！」

「你還不是一樣！」

走廊上，被罰站的學生站成一列，長長的直線末端卻扭曲了起來，那是兩個正在推擠打鬧的男孩；雙腳安分地站在原地，身體卻一刻也閒不住。

左邊肩膀被用力一撞，男孩踉蹌地往旁邊踩了一步，「幹嘛那麼用力啦！」

「噓！」

一旁的女孩瞪了他們一眼，眼神裡有點不滿，但更多的是警戒，好像怕教官隨時會過來罵人。

男孩們對看一眼，都咧嘴一笑，反而更囂張了。

「唉呀幹嘛那麼緊張？沒什麼好怕的啦！」

「對啊！」他們漫不在乎地說，互相推撞的動作也沒停過，「教官只是講話比較大聲，其實也沒什麼啦！」

看見大家的目光漸漸聚了過來，男孩們受到鼓舞，又說得更起勁了。

「你們不要看他這樣，上次我趁他不注意……」

「罰站還敢聊天啊！」一聲中氣十足的怒吼在身後炸開。

一片靜默。

女孩稍稍抬起頭，往旁邊一瞄，只見兩個男孩雙手緊貼著大腿，抬頭挺胸，連眼神也不敢飄一下，站得比誰都直……

憋住笑的女孩不知道，她總有一天還得學習這樣的男孩——學習假裝勇敢。

球場

鐘聲一響起，即使台上的老師依然平穩地唸著經，所有人都感覺到了空氣裡的震盪，和每一秒都更強烈的躁動。

座位靠近後門的男孩已經從椅子下拿出籃球，一手抱在胸前，身體朝著門外前傾，一看就是準備好衝出去的樣子。「今天一定要搶到球場啦！」聽見身旁朋友的碎念，他頭也不回地回應：「等一下跑快點，不然場地又被別人佔走！」

女孩們已經收拾起東西了，她們也蓄勢待發。其中一個女孩朝窗外指了指，其他人無聲地點了點頭——去搶走廊欄杆旁的位子——她們全看懂了。那裡是全二樓視野最好的位子，可以把整座籃球場看得一清二楚，尤其是校草他們班最愛用的場地。這麼好的觀景區可是很難搶的！

每個人都坐不住了，他們或心不在焉地東張西望，或眼巴巴地盯著老師，都在等那聖旨般的兩個字——

「下課！」

沒人記得最後到底有沒有搶到場地，但衝出教室那刻灑落的陽光，卻深深鑲進回憶裡了。

日記

大掃除時，女孩把櫃子裡的書都搬了出來，她突然眼睛一亮——是小時候的日記本！

記得以前看了些小說後，她也學裡頭的女主角，去書局挑了一本密碼筆記本。每天都要坐在書桌前，攤開筆記本，想好久好久，決定要記錄下什麼。後來還和朋友寫交換日記，兩個人一天到晚捧著小小的本子，神祕兮兮地笑，裡頭總有說不完的祕密。

她早就忘記以前到底寫了些什麼，只記得一旦有人想靠近，就會被她兇巴巴地趕走。就算上了鎖，還是會把本子藏進抽屜的最深處。後來密碼鎖壞了，她就把這個最珍視的寶貝好好收起來，連自己也沒再看過了。

女孩小心翼翼地翻開，心跳砰砰加速。這裡面到底會有多少精采的回憶啊……

「五月二十天氣晴。小佳說，隔壁的超帥班長第一節下課一定會經過教室，我們等了好久，真的看到了！」

「五月二十一日天氣陰。今天數學考得好爛，而且班長一整天都沒有經過。」

她不死心地往後翻了幾頁，看到的都是一些瑣碎的小事。這也太無聊了吧！

但翻著翻著，她還是忍不住笑了。

原來那些微不足道的片刻，都曾被自己如此用心珍藏著。

夢想

「我要當宇宙霹靂戰隊的隊長！」
「我要當公主！」
「我要去外太空！」

「我要當職棒選手！」
「我要當明星！」
「我要環遊世界！」

「以後啊……我應該會想當個工程師吧。」
「考公職好了，工作比較有保障。」
「買一間小房子，存到一筆退休金。」

你還記得，什麼是夢想嗎？

減肥

他真的搞不懂女生欸。

他不懂為什麼姊姊一天到晚喊著要減肥，連以前最愛的冰淇淋都不碰了。整天在家跳奇怪的健身操，卻又不和他一起出門運動。

也不懂為什麼女同學都不吃午餐，下課後又要一起去買點心，一邊喝飲料一邊發誓一定要開始減肥了。

更不懂媽媽平常都省吃儉用，不讓他買最新的機器人，卻會花一大堆錢買看起來就沒用的減肥藥。

他最最不懂的是，為什麼流行減肥的，都是一群瘦巴巴的女生？

或許沒有人真的在減肥，大家只是都不滿意自己現在的樣子。

八卦

女孩把食指用力壓在唇上，警覺地東張西望，確定沒人在看了才開口，「你小聲一點啦！」

「告訴我嘛！」

眼前那人眨了眨發亮的眼睛，女孩不安地搓著手，開始猶豫了起來。但是自己明明都發誓過，一定不會說出去的……

「拜託拜託啦！我這次一定不會告訴任何人！」

每次大家都這麼說，結果還不是一個傳一個，弄得全班都知道了！不過，她這次好像真的特別認真……

「我用一個祕密和你交換，這樣可以了吧？」

「好啦好啦！我告訴你喔……」

她聽見內心的銅牆鐵壁瞬間傾倒的聲音。

沒有意外地，隔天校園裡的某個角落，再次出現一個很小很小的聲音：

「欸我跟你說，但你不能跟別人說喔……」

說出祕密不是分享，是因為自己守不住了，想找人一起守護它。

生日

女孩盯著朋友們，盯了好久好久，直到她們都覺得奇怪，「怎麼了嗎？」

「沒事啦！」她擠出一個微笑，匆匆別過頭。教室裡一片寧靜，她們不是正低頭看著書，就是細細梳理著頭髮，靜得她發慌。

大家到現在什麼也沒說，該不會是忘記了吧！

女孩不死心地張望，把幾個朋友的座位都掃了一遍，既沒看到奇怪的紙袋，書包也沒有被塞得特別鼓。原本她還想著，這樣看起來，禮物大概會是自己一直都很想要的筆記本或鑰匙圈吧；但現在，她都不敢有期待了……

「欸……」女孩忍不住又打破沉默，「妳們等一下有要做什麼嗎？」

「蛤？沒有啊！」

「喔。」女孩垂下頭，醞釀了兩天的興奮期待只剩下失落。她默默走向角落，不想被人發現自己心情不好，卻一點也笑不出來。自己從一個禮拜前就開始提醒，她們怎麼可以就這樣忘了……

「Surprise！生日快樂！」「你以為我們忘記了對不對……」

慢慢地她才懂，有多少愛藏在每次理所當然的記得裡。

照相

又一顆汗珠從額角滑落，女孩瞇著眼睛，一半是正午的陽光太刺眼了，一半是因為不耐煩。

「我看看……弟弟再往右邊一點，對對對這樣很好！」

「啊這樣我的臉會不會被擋到啊！」矮小的姑姑把腳尖踮得更高，朝相機揮揮手。

「好了啦！」耳邊傳來姑丈不耐煩的聲音，女孩竊笑，看來受不了的人不只她一個。他們已經站在這裡十分鐘了！

「難得可以拍一張大合照嘛……來看鏡頭！一、二、三！」

女孩迅速出手理了下瀏海，扯出一個肯定很勉強的笑容，和閃光燈一樣一閃即逝。「喀擦！」聲音一落，她和弟弟很有默契地相視，翻了個藏不住笑意的大白眼。謝天謝地，總算可以回樹下乘涼了。

「你也進來啦！」姑姑高分貝的聲音又一次響起，朝蹲在腳架後的爸爸用力招手，「我再找人幫我們拍一張！」

不要吧……

歲月會把人一個個帶走，所以我們拿起相機，把他們一個個留下。

畫課本

「我們要進入新的一課囉。」國文老師一說，兩個男孩立刻相視一笑。

那是張戰帖，而他們都準備好了！

如果作者欄上的圖片有知覺，現在應該流了一身的冷汗。

用黑筆加上眼鏡和鬍子只是基本款，早就不夠看了。他們的手邊堆了幾枝和女生借來的彩色原子筆，那是用來上妝和做造型的。不過，最重要的還是創意：這些人物肩膀以下，在圖片框框外面的身體，才是見真章的地方啊。

老師在前頭滔滔不絕，男孩一個字也沒聽進去，耳裡只有筆劃過課本的聲音。眼影再深一點，頭髮再長一點，俏皮地比個YA……他忍不住噗哧一笑，真是太滿意了……

「好，課本收上來，我要檢查筆記。」

等等，不行啊！他的孔子已經變成比基尼辣妹了！

後來他把課本丟了，
那顆框不住的童心，也一起不見了。

漫畫

寧靜的小租書店突然喧鬧起來，還沒看見人影，那群男孩的聲音已經填滿了每個書櫃間的角落。

「今天最新一期應該已經到了！再不快點會被搶走啦！」

「聽說黑衣人的真面目在這集會現身欸！我期待好久了！」

急促的腳步聲在漫畫區前停下來，變成歡喜的驚呼。動作快的人一把抓起放在最外側的漫畫期刊，其他人也連忙湊上去，幾個人縮在一角，好一會兒都只有書頁翻動的聲音。

就到最精彩的地方了！黑衣人的右手微微掀起面具一角，捧著書的男孩急忙翻到下一頁，聽見周圍的呼吸聲都急促了起來……

下集待續。

「吼！又要等一個禮拜了啦！」

比下一刊的上市更令人期待的，就是一起搶漫畫看的這件事了！

老家

爸爸一說，男孩才想起，的確好久沒有回「老家」了。

有時候，他實在不太喜歡那個地方。那裡什麼都老，簡陋的廁所，陰暗的走廊，磁磚剝落露出水泥牆的廚房一角，還有好多他不會稱呼的老親戚，每次打招呼前都要爸爸在耳邊低聲提點。

有時候，他又好喜歡去那裡。和叫不出名字的堂哥堂姊在一起時，三合院長長的廂房就像是迷宮，每個角落都充滿驚喜。三合院外是好大的田地，他們總是玩得一身泥汙，再回到曬穀場上，讓太陽把泥巴烤乾，烤成一剝就飛散的灰色粉末。

有時候他希望自己永遠不用再回去了，不用坐在充滿霉味的房間裡，因為一些隨時會出現的不知名小蟲提心吊膽；不用聽一些根本不熟的人說自己小時候的事，尷尬地忍受陌生大人的過度親暱。

有時候，他又會突然好想念好想念，想念每次回去總會迎來的，那一張張說不上話卻依然溫暖燦爛，充滿愛意的笑臉。

但生離死別總是來得太快，而想念總是遲到。

叛逆

「給我下來！明明就有門，為什麼要爬窗戶？欸欸欸，還有你這個書包是怎麼回事啊？喂！給我回來！不要跑！」

老師的怒吼中，男孩抱緊撕了反光條的書包，輕快地跑走了。他知道無數看熱鬧的目光正投射在自己身上，也知道那裡頭摻雜著佩服，男孩故意放慢腳步，讓他們看清楚自己臉上酷酷的笑容。

啊，不屑當乖小孩的感覺真是太好了。

他就喜歡這樣，做所有和大人的指令相反的事，看他們氣得跳腳又拿他沒轍；感覺自己充滿力量，可以不遵守別人定的規則，對抗這個世界想要他成為的樣子。

也不知道要去哪，但男孩就是一直跑，離教室遠遠的，他就是喜歡這樣——

一再證明，自己已經是大人了。

他不知道，人都是在放棄對抗世界以後，才成為大人的。

遊戲機

只要開機的電子音樂一響起，他就會瞬間成為最受歡迎的人。

小小的螢幕還沒亮起，倒映著好幾雙期待的眼睛。男孩一副熟練的架式，拇指隨意在按鍵上跳了幾下，感覺到身後的小孩子為了看清楚遊戲機推擠著，他暗自揚起得意的微笑。

遊戲開始！

騷動瞬間靜了下來。隨著螢幕裡小小的人偶跳上跳下，所有人也跟著深呼吸，又鬆了口氣；在敵人出現時小聲驚呼，在得到金幣的音效響起時開心地握拳。

人偶又躍上半空中了。「拜託拜託，」男孩小聲低語。看著它下墜的拋物線，男孩的心已經涼了一半，卻還是不死心。「拜託不要掉下去……」

「啊！」還是聽見了惋惜的歎聲，螢幕上繽紛的色彩都暗了，只剩遊戲結束的殘忍通知。

「再一次！」身旁的小女孩拉了拉他的手。

於是一整個下午，公園裡都迴盪著這樣的聲音。

「再一次再一次！」

「再玩一次嘛！最後一次就好了！」

一次又一次地活在別人的期待中，

其實很辛苦啊。

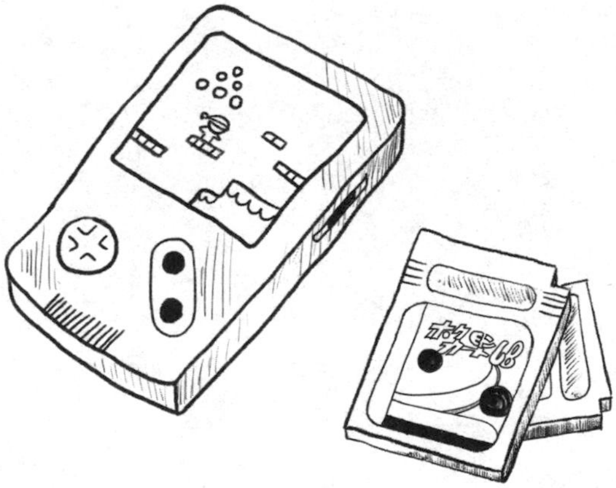

不大不小的時候

口紅

媽媽的房間裡，女孩湊近梳妝鏡，噘起豔紅色雙唇，有模有樣地咂了咂嘴。感覺被表妹們欣羨的目光圍繞著，她微抬起下巴，又得意地朝鏡子多照了幾眼。

「這是妳媽媽送妳的喔？」「等一下可以幫我畫嗎？」

「好啊。」她微笑了一下，突然覺得不夠滿意，抽了張衛生紙抹掉畫到嘴角外的痕跡。原本只想在邊緣補幾筆，又忍不住把裡裡外外都塗了一遍。女孩學著媽媽漫不經心的姿態，動作卻謹慎又僵硬，像一個正在著色的小小孩害怕塗出邊線。

終於滿意之後，她起身，刻意走到客廳繞了一圈。厚重的黏膩感一直貼在唇上，她有種揮之不去的自信。看吧，大人們現在都盯著她了。看他們滿臉的笑意，她把髮絲掠到耳後，想聽他們會說些什麼……

「哈哈哈哈！你是要演歌仔戲嗎？」

不急，小女孩總有一天會學會化妝，
學會偽裝。

啤酒

喜宴進行到尾聲，喧譁聲也大了，男孩和弟弟乖巧地坐著，看著堆滿了綠色玻璃瓶的隔壁桌。

「嘶——」金黃色液體流入杯中，雪白的泡沫爭先恐後往上浮。看著大人們舉杯，仰頭一口喝光，神清氣爽的樣子，男孩忍不住跟著咂了咂嘴。

看起來真好喝……

「小朋友！來喝喝看啦！」大伯大概是感受到他渴望的眼神，朝他們招了招手。男孩猶疑地看向媽媽，平常不准他們碰酒的媽媽居然沒有板起臉，還擺手表示同意了。

耶！沒了顧忌的男孩立刻跑過去。他可是想喝很久了！

大伯遞給他裝滿啤酒的玻璃杯，圍著他和弟弟的大人們全滿臉通紅，咧嘴笑著，好像比自己喝酒時還開心。男孩興奮又謹慎地捧起杯子，放到唇邊，感覺泡沫一點一點沿著舌尖爬上……

「啊！好苦喔！」一片哄笑聲中，他觸電似地放下杯子，再也不想碰了。

「這到底有什麼好喝的啦！」

大人都喜歡苦的東西嗎？

超線

「你超線了啦！」

女孩抬手，用力在男孩手臂上打了一下。

「很痛欸！」男孩不甘示弱，把女孩的鉛筆盒往旁邊推，「這也超線了啦！」

「欸！要是敢讓我的鉛筆盒掉到地上你就死定了！」

「唉唷這樣就生氣了喔？恰北北！」

看男孩吐著舌頭搖頭晃腦，女孩氣得瞪大眼，又往他身上打了好幾下，

「你再說一次？」

「恰北北！恰北北……」

「你們兩個在幹什麼？都給我站起來！」

他們慢慢站起身，尷尬和氣憤讓女孩漲紅了臉。

她不敢抬頭，怕看到老師的滿臉怒火，也怕同學瞎起鬨的八卦嘴臉，只微微瞥向旁邊，而男孩居然還是一副嘻皮笑臉，什麼也無所謂的樣子。

可惡！女孩咬牙切齒，要不是老師正盯著，她一定會一巴掌拍在男孩背上。臭男生絕對是這世界上最幼稚、最討人厭的生物了！

女孩沒想到，討厭的男孩，成了她童年記憶中忘不了的色彩。

請病假

早晨喚醒他的居然不是媽媽的怒吼，是陽光。男孩愣了一下，看見書桌上的藥袋，才想起自己今天請了病假。

「耶——」他低低歡呼一聲，又把臉埋進棉被裡。

因為感冒，他還是感覺有點昏沉，但比起現在的雀躍都算不了什麼了！牆上時鐘的指針停在八和九之間，現在應該是數學課吧。想到同學們正皺眉盯著黑板，自己卻舒舒服服地躺在床上，他就停不下得意的笑。

多賺到一天，絕對不能就這樣浪費了！男孩坐起身開始盤算，要一口氣把整套漫畫讀完，還是趁媽媽不在家時玩玩具玩個夠呢？不過……機會難得，還是再睡一會兒好了。男孩又砰地倒回床上，反正他有一整天的時間嘛！

擤完鼻涕，微笑著閉上眼，男孩忍不住想：要是能常常感冒就好了……

要是能常常這樣，從現實中逃跑就好了……

午休

就一下而已，她看一眼就好……

一片黑暗中，不知道其他人在做什麼的感覺實在太煎熬了。女孩的眼皮不停跳動，好像一刻也待不住。她雙眼緩緩撐開一條小縫，都還沒聚焦，又被步步靠近的腳步聲嚇得緊緊閉上。

「讓我看到眼睛的人，等一下就完蛋了。」那句警告又悠悠地響起，女孩把頭埋進手臂裡，乖巧地趴在桌上，再也不敢動。

汗珠沿著後背滾落，她忍著悶熱，沒有伸手拉一拉制服；腳邊有蚊子飛舞，她也只能輕輕抬腳，不敢用力揮走。不知道過了多久，不舒服的感覺終於都漸漸消失，迷迷糊糊間，身體好像陷入軟綿綿的雲裡……

「噹——噹——噹——噹——」

下課鐘響，女孩開心地睜開眼，右手臂突然狠狠刺痛了起來，女孩差點叫出聲。她把五指用力伸縮，又刺又癢的感覺還是一波一波襲來。女孩試著起身，沒想到連雙腿也麻了，源源不絕的電流從腳心往上傳，稍微一挪疼痛就更加猖狂。

幾分鐘後，身體總算舒緩了些，她站起身，瞇眼伸了個懶腰。

上課鐘聲也在這時響起了。

這麼難熬的午休，居然成了長大後最讓人羨慕的奢侈。

蠶寶寶

「你們要趕快長大喔！」

剛採下的新鮮桑葉堆在報紙上，女孩擦乾其中幾片的水珠，放進飼養箱裡，幾隻蠶寶寶馬上爬到上頭，圓圓胖胖的白色肉團緩慢蠕動著。她托腮看著牠們，整顆心都融化了。

對了！想到同學說橡皮筋的味道可以驅走螞蟻，她站起身，離開前也沒忘了把箱子牢牢蓋上。女孩翻遍了抽屜和堆滿雜物的桌子，連垃圾桶裡的都撿出來清洗，蒐集了滿手的橡皮筋，又回到飼養箱前。

她彎下腰，仔細在箱子周圍擺成一圈，連蓋子上都被鋪得滿滿的，卻還是覺得不夠；直到把最後幾條橡皮筋都套在箱子外，才滿意地點點頭。這樣，夠抵擋螞蟻大軍了吧！

視線飄向飼養箱旁，女孩看見桌面上小小的白色身影，溫柔地笑了一下。

差點就忘記你了！

她正準備拾起桌上的桑葉，剛回家的哥哥快步走來，看也不看，隨手把餐袋一扔……

「啊——你壓到牠了！趕快拿起來啦！我的蠶寶寶是不是要死掉了啊——」

掉過好多眼淚以後她才知道，再怎麼用心呵護還是可能突然碎裂，原來只是生命裡的慣常。

吹直笛

「孔要按緊！按緊！」

「試試看，不要那麼用力，輕輕吹出ㄉㄨㄉㄨ的聲音……」

男孩握著直笛的手微微發抖，漲紅了臉——「嗶——」不管怎麼嘗試，發出的聲音都像鬼屋裡的刺耳尖叫。

老師歪頭看了他一下，擺了擺手，男孩難以察覺地鬆了一口氣，卻又有點難過。那種表情他看多了，就是放棄的意思。

「自己回去要多練習喔。好，我們現在全班一起吹一次……」老師優雅地一揮手，教室就響起了輕快的樂曲。一顆顆飽滿的音符在空氣中震動，她滿意地微笑了。

每個人都專心一意，沒有人注意到男孩慌張的模樣。他試著模仿旁邊同學的動作，手指卻不聽使喚，像在笛身上跳舞的小矮人，「嗶——」

全班的哄堂大笑中，男孩不好意思地搔了搔頭，傻傻笑著，臉頰卻燙得像在燃燒。

可惡，最討厭音樂課了啦！

還好他不擅長的是音樂，不是數學或英文。

鬼抓人

「十、九、八、七、六五四三二一！」

「啊！」

尖叫聲劃破天際，又四處擴散開來，女孩的心也狠狠揪起。蹲在溜滑梯後的她深吸一口氣，想緩和用力撞擊著胸口的心跳，眼神也不忘警覺地環顧四周，很快地，眼角餘光裡出現熟悉的身影……

來了！

女孩倏地跳起來，拔腿就跑，兩條腿好像沒有了知覺，只管快速擺動。她慌忙繞過鞦韆，跳過輪胎，逮到機會回頭一看，那個人居然還是緊追不捨。

熱辣辣的陽光打在頭上，汗滴沿著臉頰滾落下巴，像一條小蛇爬過，又黏又癢。女孩開始喘了起來，她聽見自己越來越粗重的呼吸，也聽見身後的腳步越來越近。快啊！她的心臟砰砰跳得好快。再跑快一點！

她看見了，那個男孩已經向她伸出一隻手，她扭了一個側身……

「抓到了！換你當鬼！」

「吼！怎麼又是我……」

她以為長高以後，步伐變大，就不會被鬼追上了。

哪知道歲月跑得比鬼還快。

開冰箱

「妳餓了嗎？」

女孩愣了一下，才發現自己的手搭在冰箱門上，連書包都還沒放下。

「喔沒有啦！」她貪戀地吸了一口冰涼的空氣，一邊慢慢帶上門，目光還不死心地上下掃射，「沒事沒事！」

「這樣很浪費電欸，我不是講過很多次了嗎？沒事就不要開冰箱啦！」媽媽一邊碎念，一邊不解地走回廚房，留下女孩不好意思地傻笑著。

只是習慣回家先看一下嘛，誰知道今天會不會有什麼小點心呢……

「幹嘛又去開冰箱！到底要講幾次？」

習慣像玻璃，看著透明，卻總在毫無防備時裂成扎人的碎片。
比如拉開冰箱門後一片寂靜，才想起自己已經不住家裡了。

電風扇

男孩呈大字型平躺在地上，那是房間裡唯一還有一點涼意的地方。

電風扇嗡嗡轉著，擺動時咿呀哭喊了一聲，空氣又陷入沉沉的寂靜。風力太弱了，除了讓他的瀏海輕輕掃了兩下，一點感覺都沒有。

終於受不了了，男孩挪到電風扇前坐下，兩眼盯著它斑駁生鏽的鐵漆，隨著它的擺動微微移動屁股。涼風迎面而來，他舒服地嘆了口氣。

「像這樣才涼！你看我。」表弟也靠過來，對著它張大了嘴，好像要把所有吹出的風一口吞掉，「啊——」

剛跑來的表哥一把推開他，停下了那恐怖的顫音。「是要像這樣啦！」在所有人的目光中，他站起身，掀起T恤下擺，滿臉享受地把電風扇罩進衣服裡……

「好噁喔！都是你的汗味了啦！」

「唉唷你不要推啦！換我試試看！」

「哈哈你的肚子變得好大，讓我摸摸看嘛！」

一陣打鬧後，他們很快地又全安靜下來。

唉，動一動之後，好像又更熱了。

夏天太長，老電扇轉得太慢。

想躺在地板上很久很久，但那些日子都走得太快。

打針

「沒有發燒啊，可以去打疫苗囉。」

討厭，穿了一整個早上的大外套根本沒用。

保健室裡，女孩默默回到隊伍間。一旁打完針的同學一手壓著棉球，一手還抹著眼淚，她轉身不想再看。

「打針根本一點都不痛啦！」排在後頭的男孩圍在一塊，興奮得像要做什麼大事，突然看見她不自然的神情，「妳會怕喔？」

「我，我才沒有咧！」女孩假裝不屑地翻了個白眼。

輪到她了，酒精的氣味讓她想逃跑。女孩捲起袖子，用力閉上眼。「很快就好了喔！」護士阿姨溫柔地說。她僵硬地點點頭，不自主咬住下唇，不敢睜開的眼睛一顫一顫。「打針一點都不恐怖喔，它是在保護我們的身體，這樣才不會生病……」

「真的！」男孩還在大聲說著，「只是輕輕一下，根本沒有感覺……」

騙人！

那善意謊言後面的愛，有一天你會懂的。

棒棒冰

手心被凍得有點發痛了，男孩甩甩手，再一次握住兩端，使勁一轉——

「啵！」終於斷了！

他看向身旁，朋友渴望的眼神一直沒動過，見他可憐兮兮的樣子，男孩還是開口了：「好啦好啦！短的一截給你啦！」

迫不及待地把冰塞進嘴裡，他咬住塑膠管子大口一吸，還沒嘗到淡淡的甜味，舌頭就先被凍住了。一陣暈眩直衝腦門，然後是一路從喉嚨滾下，席捲了全身的涼意。兩個男孩抬起頭相視，都享受地瞇起眼，然後滿足地笑了。

頭頂的烈陽依然光芒萬丈，威力卻好像大大減弱了。偶爾一陣微風吹過，抖落幾聲有朝氣的蟬鳴。

「我吃完了欸，再分我一點嘛好不好？」

「蛤？不要啦！我舔過了很噁心欸！」

「哎呀沒差啦……」

從朋友手上得到的冰棒，真的比較好吃。

鬼針草

男孩把食指抵在唇上，一旁的女孩露出會意的笑容。

一邊走著，男孩一邊瞇起眼瞄準，食指和拇指捏緊手中的武器，手腕前後擺動。女孩也神情專注，緊盯著男孩的右手，和那道輕輕晃動的綠色殘影。

一、二、三——

「耶！」射中了！他們小聲擊掌。

聽見前面的騷動，隊伍後面的人也踮起腳，穿過頭和頭的縫隙，想看到底發生了什麼事。「噗哧」的笑聲越來越大，走在最前面的班長回頭瞪了一眼，只看見一張張向旁邊撇開，若無其事的臉；再轉過身，竊笑又像地雷四處炸開。

班長不知道，一株鬼針草正勾在他的背後晃啊晃。

那些在背後的攻擊，如果都只是鬼針草就好了。

沖天炮

女孩急忙跑開，跑了幾步後卻又踮起腳尖往回看，看向蹲在地上的堂哥堂姊們。

「準備好喔，」飄搖的火光從他們之間的縫隙透出，「三、二、一、跑！」

「哇啊啊啊！」女孩也跟著向後衝，突然聽見咻的一聲，一道白光從土裡直直竄出，劈哩啪啦炸出好多燦燦的花，紅色、綠色、黃色，每一朵中心都是刺眼的金光。她凍白的臉被各種顏色點亮，女孩雙手摀住耳朵，嘴角幸福地高高揚起。

「來啦！站近一點！」一片尖叫笑鬧聲中，堂哥向她大喊。

女孩用力搖頭，說什麼也不敢往前半步；她緊盯著漸漸微弱的火花，還有一旁追逐著的堂弟們臉上，比火花更絢爛的笑容，像要把每一瞬都刻進眼裡。煙火聲、談笑聲震動著空氣，女孩感覺胸口也被一粒火星點燃，心裡暖烘烘的。

果然就是要有沖天炮，才算是過年嘛！

放沖天炮其實不難，

難的是再團一場全員到齊的圓。

大富翁

骰子在地上滾了幾圈，漸漸慢下來，圍成一圈的所有人都把身子往前傾，專心盯著它直到停止轉動。

綠色塑膠棋子被推進一格，然後又是一格，空氣像是凍結了，只剩棋子輕輕被拾起又放下的聲音。

是「命運」。

小小的驚呼聲中，一隻小手停在畫了問號的紙牌堆上，很慢很慢地掀起頂端的一張牌，再舉到眼前。拿著牌的男孩瞇起眼，嘴角神祕地勾起，幾個人同時倒抽了一口氣……

「向每個人收五百塊！」

「吼——」一片不情願的哀嚎聲中，男孩揮了揮手中花花綠綠的玩具紙鈔，驕傲地笑著，「就說我一定會當上大富翁吧！」

回想起來，那真的是他一生中最富有的時刻了。

福利社

越來越大的腳步聲乒乒乓乓地橫越整條走廊，在福利社前停了下來，一窩蜂擠進小小的門裡，彷彿災難片現場。

他們都是避暑的災民。

矮小的男孩也被堵在人群中，他沒有擠開其他人的力氣，卻開始在縫隙間穿梭。感覺就要被汗味和人體的熱氣淹沒了，他咬咬牙，埋頭朝著印象中冰箱的方向前進，直到一陣振奮人心的涼意迎面襲來。

到了！

男孩瞇起眼，感受這夏日裡難得的舒爽；但他不能高興太久，還有好幾個人擋在他和敞開的冰箱之間，身邊又充滿了不懷好意的眼神。看準了兩個學長之間的空隙，男孩迅速出手，往冰箱裡一握——

緊抱著最後一瓶觸手冰涼的舒跑，男孩在一片不甘的嘆息聲中，露出了勝利的笑容。

長大後，不用搶舒跑了。但他要搶時間、搶工作、搶地位……

而且，不是動作快就會贏。

腳踏車

「哇啊啊啊啊！」

「握緊把手！身體保持平衡！」

媽媽彎腰抓住男孩的腳踏車後座，穩住了搖搖晃晃的車子。感覺到令人安心的力量，男孩再次踩上踏板，左，右——身體又往左邊倒，他用力拉住龍頭，握得手都發痛了——左，右，左，右……

對了！就是這樣！腳踏車不再東倒西歪，男孩緊繃的肩膀也慢慢放鬆；空氣中的風好像重新開始流動，他試著加快節奏，腳步也越加穩定而輕快。

男孩笑著回過頭，卻沒看到人影。

「媽媽？」

停下車，男孩看見媽媽站在遠遠的地方，向他伸出了大拇指。他愣了好一會兒，突然又叫又笑地跳了起來。

「耶！我會騎腳踏車了！」

「別騎太遠喔。」放手以後，媽媽在身後喊。
她喊了一輩子，而你總是忘了回頭。

鬼故事

「好，我告訴你們，這個故事是我同學的親身經歷喔……」

昏暗的房間裡，一群男孩女孩圍著大表哥坐下，他們手勾著手，看著表哥的眼神閃閃發亮。

「有一次，他和家人去爬山，走著走著卻落單了……」

小女孩倒吸一口氣，旁邊的男孩狠狠瞪了一眼要她安靜。

「遠遠地，他看見一間小木屋，就想去那裡找人幫忙……」

不知不覺，所有人都緊緊握住了彼此的手臂。

「就在這時，」表哥突然壓低聲音，「他看見小木屋門口站了一個人，一個穿著一身黑衣的人……」

膽小的女孩摀起耳朵，卻又不想真的摀緊，在手指之間偷偷留了小縫。

男孩們故作不屑地訕笑她，其實心跳也正用力撞擊著胸口。

「那個人轉過身，招手要我同學過去，」表哥打開手中的手電筒，從下巴往上照，大塊的陰影和慘白把他的臉扭曲得猙獰嚇人，坐得最靠近表哥的男孩們往後縮了一下，不敢發出聲音。

「走近之後，他發現……」

「啊啊啊不要說了啦！」「我不要聽了！」

一直到很久以後，他們都記得表哥說過很可怕的鬼故事，卻沒人想得起結局。

長大後就知道，沒有結局的鬼故事，多著呢！

搶電視

「遙控器給我！」插著腰的姊姊大聲說。

「不行！卡通要開始了！」

「拿來！」姊姊突然伸手一抓。男孩的動作更快，連忙把遙控器藏在背後，「今天再讓我看一次嘛，現在演到正精彩的地方欸！」

「今天換我了不是嗎？給我拿來！」

兩人一動也不動地僵持了好一會兒，抓準男孩眼神飄向電視的瞬間，姊姊再次出手，果然握住了他手中的遙控器。

「不要耍賴！今天換我看了！」

「吼！」男孩還是死死抓著不放，「讓我看一天又不會怎麼樣！我下次也讓妳嘛！」

「拿來！」

「不要！」

「不要吵！兩個人都不准看！」

爸爸坐上沙發，把電視轉到了新聞台。

而男孩和姊姊坐在沙發的兩端，緊緊按著懷裡的抱枕。螢幕的藍光映在他們高高噘著嘴，寫滿不甘和憤怒的臉上……

就算結局都一樣，每一次，他們都還是會為了搶電視用盡全力。

奶奶的餐桌

「來喔！呷飯啦！」每次回奶奶家，女孩最期待的就是這句話。

有點駝背的奶奶一邊呼喊，一邊慢慢端出最後一道菜。白煙把餐桌抹得朦朦朧朧，香氣又不斷擴散，像一場魔術秀。早就等不及的孩子們馬上跑過去，搶著坐在自己最喜歡的一道菜前面。

奶奶煮的菜是全世界最好吃的，她再也沒有遇過入味得那麼剛好的滷肉，或那麼甘甜的蘿蔔湯。「奶奶你可以開餐廳了啦！」每次他們這麼說，奶奶都只是安靜地笑了一下，又往他們的碗裡多夾了一點菜。

女孩總是忙著大口扒飯，忙著聽大人聊天，或忙著和坐在對面的堂哥在桌子下踩腳，從沒好好注意過餐桌：除了總是擺滿菜餚的印象，她已經想不起桌面本來的樣子了。

她只記得奶奶還沒去世的日子裡，當所有人圍在桌邊時，餐桌會在日光燈下暈成一片很溫暖，很溫暖的橘黃色。

又或許她只是不願意認真回想，
畢竟溫暖而遙遠的回憶，太銳利了。

下雨天

女孩伸出食指，抵在起霧的窗上，抹了幾下，畫出一個哭臉。

好想出門找朋友玩喔！姊姊不在家，沒人陪她玩扮家家酒；爸爸媽媽都在睡午覺，也不能像上次一樣撐傘帶她去散步……

她又用掌心把哭臉抹掉，冰冷的玻璃露出透明的一塊。窗外無人的街道是死氣沉沉的灰色，就連雨點打在停車格裡的汽車上，炸起的水花也一模一樣，單調死了。

女孩的目光回到眼前。玻璃上綴滿大大小小的水珠，它們被雨點啪地打碎，又重新聚集結合，變得太大就開始下滑。聽著越來越急、越來越響的滴答聲，她感覺自己的心也和那些沉重的水珠一起，慢慢，慢慢地，沉到谷底。

雨到底什麼時候才要停啊……

我討厭雨天。女孩說。

不想承認她討厭的，其實是孤單。

校外教學

男孩猛然驚醒，望向床頭的鬧鐘，還好，才五點而已。

「對了！老師說要帶零錢！」

他跳下床，飛快地跑到牆邊的背包旁，把每個夾層都打開，直到看見小錢包安然躺在裡頭，卻還是覺得不安心；他又把注意事項找了出來，從頭到尾檢查一次，連媽媽交代要帶的面紙都沒有漏掉。

拉上拉鍊之前，男孩看著還有些空隙的包包，想了想，又跑下樓，從櫥櫃翻出一堆小糖果，一股腦兒丟進去；直到把背包塞得鼓鼓的，才心滿意足地回到床上。

翻來覆去，男孩又睜開了毫無睡意的眼睛，看看鬧鐘，再看看窗外灰暗的天色。

今天怎麼天亮得特別慢啊！

開心期待地睡不著，原來是童年的特權。
長大以後的失眠夜，都是泡在眼淚裡的。

鄰居阿姨

「妳們家小孩好可愛，好有禮貌喔！」

「沒有啦，哪有妳女兒好喔，又乖又聰明。妳看我們家那個，要她唸個書簡直像要她的命！」

「哪有啊，我上次明明考全班第三……」

「妳去旁邊和他們一起玩啦！」媽媽推了她一把，而且力道還不小，臉上卻還掛著大大的笑容。

女孩不解地看著媽媽和那些鄰居阿姨，她們明明沒有說什麼好笑的話，卻都掩著嘴哈哈大笑，聲音大到一條街外都能聽見。

算了，女孩搖搖頭，加入其他孩子們的遊戲。

「妳們沒聽說啊？就是賣早餐那家人啊！唉唷真可憐喔……」

「聽說他女兒啊……」

「媽——要回去了沒？」

「哎呀！再一下啦！你去跟其他小朋友玩呀！」

女孩又被趕到一旁了，她踢著石頭，有點悶悶不樂。

「到底為什麼可以聊這麼久……」

別再說孩子精力無限，大人的耐力也是很驚人的。

鉛筆盒

書店裡，女孩已經在同一個架子前徘徊了好久，媽媽不耐煩的催促聲不停傳來，她焦急地加快翻看的速度，手中的鉛筆盒一個換過一個，還是拿不定主意。

拜託！想當班上很酷的人，一定要有一個很酷的鉛筆盒，這可是不能輕忽的大事欸！

卡通人物就是小孩子眼中的名牌，各種可愛的圖案攤在眼前，已經夠令她眼花撩亂了，還得考慮不同的款式！上次班長帶來的鉛筆盒有好多個暗格、會彈出的削鉛筆機，還附了一張漂亮的課表，每個人都想借去看。這次她一定要買一個更大更炫，有最多機關的！

「快、一、點！不就是裝個筆而已嗎？」

女孩一邊應付，眼神還是在架上不停打轉。

「好啦好啦！很快就好了！」

妳的那些名牌鞋子，不也是踩在地上而已嗎？

寶貝

一看到媽媽皺起眉頭，蹲在衣櫃最底層的抽屜前，女孩就知道她要說什麼了。

「不行不行！」她搶在媽媽說話之前開口，「這些都是我的寶貝，不可以丟掉！」

「這些貼紙太佔空間了，不要留了吧。」

「不行！那都是我蒐集很久的欸！」

「那這隻娃娃不要了吧！這麼破又這麼髒。」

「它陪我睡了那麼久，怎麼可以丟掉？」

女孩看得出來，媽媽的耐心已經亮起紅燈了。「那這個，」媽媽在抽屜裡一撈，在她面前攤開掌心，「總是垃圾了吧。」

「不是！」抱著不怕死的決心，女孩一把搶過，「這些是表姊送我的日本糖果的包裝紙！」

「我不管！明天之內給我把櫃子清乾淨！」

在媽媽氣沖沖地奪門而出後，女孩望著她的寶貝們，嘆了口氣：

「真是的，又得換地方藏了……」

留著這些寶貝，她就永遠不會遺忘，每一段想要珍藏的故事。

王子麵

男孩攤開掌心，雙手併起舉在胸前，像一種虔誠的儀式：

「再倒一點啦！」

「吼！」朋友搖了搖王子麵的小包裝袋，不情願地說：「真的是最後一點了喔……」

「唰——」悅耳的聲音響起，男孩雙眼發光，盯著慢慢填滿手心的渣渣。渣渣之間有種細微的撞擊聲，很輕很輕，但總是讓他快溢出嘴角的口水又多了一點。

他仰起頭，把王子麵全倒進嘴裡，然後用力一咬。清脆的「喀滋」聲在口中炸開，伴隨著刷上舌尖的鹹香。男孩一口接著一口，感覺餅乾的油炸香氣被一點一點榨出，擴散到每一個角落。

太讓人上癮了！

男孩忍不住轉頭，賊賊地說：「包裝袋借我一下！」

「蛤？什麼？」

趁朋友還沒反應過來，男孩迅速把食指伸進袋子裡，每個角落都探過一遍，一粒粉都沒有留下。在朋友錯愕的目光下，他低頭，用力含住沾滿鹽巴和調味粉的手指……

「太過分了啦！你把精華都吃光了！」

朋友氣憤地大吼，但男孩的笑更燦爛了。

最好的調味料，

是朋友跺腳以後，又忍不住咧開的嘴角。

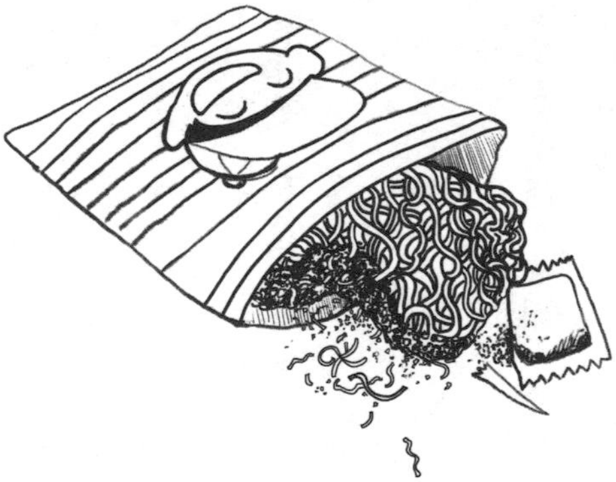

傳統市場

「來喔！新鮮的喔！」

「小美女好久不見！又長高了欸！」

熟悉的吆喝和招呼響起，就代表傳統市場到了。女孩只剩一手還勉強勾著媽媽，早就迫不及待想往裡面跑。

「快點快點！不然菜會被搶完的！」

她熟門熟路地在攤販間穿梭，在這裡就算閉上眼睛都不會迷路。她知道哪裡有賣最好吃的雞肉，哪一家的青菜最大最漂亮，哪個婆婆不只送蔥，還會送好幾顆蒜頭。

比起媽媽討價還價的功夫，她更懂得發揮優勢。她知道在哪些老闆面前只要甜甜一笑，就可以少掏好幾個零錢；也知道故意經過哪些店，就可以得到好多糖果。

但女孩還是最喜歡乖乖跟在媽媽身邊，提著大包小包，猜今天又有什麼好料可以吃了。幸運的話，還能拜託媽媽買兩個紅豆餅，然後一整條回家的路都會變得又香又甜。

逛市場真是太好玩了！

等女孩當了媽，就會知道當時市場裡的母親，有多麼以她為傲。

偏心

「你為什麼要和弟弟搶玩具？」

「不是！明明是他……」

「你是哥哥，就應該更懂事，應該要讓他啊！」

「我……」男孩還想說什麼，手中的小車子就被拿走，放進哇哇大哭的弟弟懷裡。媽媽動作溫柔地抱著弟弟，卻生氣地看著他。

男孩瞪大眼睛，眼神裡的憤怒很快就被失落取代，一陣委屈湧上，他突然用力跺腳，跑回房間，「砰」地甩上房門，眼淚也同時滾出眼眶。

憑什麼我就要懂事，憑什麼我就要先長大！

「每次都這樣，」他哽咽地小聲嘀咕，怕被媽媽聽見，卻又希望她聽見：「偏心……」

擁有多一點的人，好像永遠不配談公平。

玩沙

幾雙小手奮力挖啊挖，白嫩的皮膚沾滿泥沙，連指甲縫裡都是髒兮兮的灰色；但他們一點也不在意，動作越來越快，越來越起勁。

「再挖長一點！」

「對！我們要做出一條史上最長的水道！」

鹹鹹的海風吹來，帶走了男孩們額角的汗珠。他們蹲在沙灘上，一點也不受頭頂熱辣辣的太陽影響；好像除了腳下那條不知不覺延伸了好遠的水道，什麼也看不見。

「浪來了，大家退後！」

一個男孩起身招手，所有人都輕快地向他跑去。

夾帶細碎的白花，海浪啪地覆上岸，把他們的足跡全淹沒了。男孩們睜大眼，看著波光粼粼的浪一點點退回海面……

「耶!成功了!」

挖了好久的水道裡，映著天空藍的海水靜靜流淌。他們高聲歡呼，又馬上蹲下，迫不及待要繼續往下挖。

只是越看越覺得，那些彎彎曲曲，真像一個好大的笑臉。

沒多久，窄窄的坑就裝不下男孩們的遠大目標了。

他們也很少高喊成功了。

畢業

「唱畢業歌——」

低迴輕柔的前奏響起，男孩躁動地扭了扭身子，畢業歌實在太難聽了。

他的雙唇一開一合，意興闌珊地對著嘴，眼神隨著頭晃來晃去。突然，男孩瞥見了什麼，戳了戳旁邊的同學：

「欸你看，班長在哭欸！」

前排的女孩回頭，通紅的眼睛瞪向他們，男孩連忙低下頭。

真搞不懂這些人。就要放暑假了，不是該開心嗎？而且大家都住在附近，又不是永遠見不到面，有什麼好哭的？他不耐煩地看了一下牆上的掛鐘，心裡只期待典禮趕快結束，才能去公園裡打球。

悶熱的禮堂，空調嗡嗡運轉著，校長手上的老麥克風不斷發出雜訊，只勉強聽得出最後幾個字「……珍重再見！」

「耶！」男孩開心地一跳，拉著好朋友就往門外跑。

大家還是像平常一樣，三三兩兩地走在一起，只是手上多了些卡片和花。和人群一起走出校園的瞬間，男孩突然有些發愣。這是他最後一次這樣跨出大門了吧……

「唉呀又沒什麼，很快就會再回來的啦！」男孩告訴自己，又嘻嘻哈哈地跟上朋友們的腳步。

只是不知為什麼，總覺得心裡空空的。

多年後才知道，珍重再見，不過是一句善意的謊言。

地下室

不知道第幾次把手搭在門把上，學校的靈異故事和曾經是墓園的傳說在男孩腦海迅速閃過，他深吸一口氣，最後還是轉過頭。

「我們……真的要進去嗎……」

「不是你自己說要來探險的嗎？」「不會怎樣啦！」身後那幾個同學緊挨著彼此，卻一副無所畏懼的神情；只是最後一句話的尾音懸在半空，被回音放大的顫抖出賣了他們。

潮濕的霉味令人有些暈眩，也不知是不是因為地下特別陰冷，雞皮疙瘩緩緩爬上每個人的手臂。手電筒的光打在灰白門上，那塊圓圈外的地方都更顯昏暗，怎麼看都像恐怖片的場景。

又一次看向同學們，只見他們退後幾步，堅定又充滿期待地點了點頭，男孩終於下定決心，咬住下唇，聽著自己砰砰失速的心跳，用力推開門……

「你們在做什麼？」

「啊！」一片混亂驚叫後，他們慢慢放下緊抓住彼此的手，看著那比鬼更恐怖的生物。

「都跟我到辦公室！」訓導主任大吼。

聽到聲響前往地下室的主任，其實也挺害怕的。

很小很小的時候

抓昆蟲

「你跑不掉了！」

終於發現剛剛跳走的蟋蟀，男孩摩拳擦掌，小心翼翼地靠近花圃，再蹲下，沒發出一點聲音。他凝神盯著葉面上小小一點褐色，兩隻手從兩邊同時靠近，一次只移動一點距離，就怕擾動了空氣。

「喝！」一瞬間，兩手就迅速握成了拳。

感覺掌心傳來若有似無的癢，男孩垂下頭，虎口間慢慢打開一條細縫。感覺心跳開始加速，期待又怕落空的男孩匆匆一瞥，又很快地握緊手。

「抓到了！」

男孩興高采烈地往旁邊跑去，「媽媽！我們可不可以……」

「不可以！不管你又抓到了什麼，通通不准養！」

養了蟋蟀，或許不小心就養出了一個昆蟲專家，
和一個更飽滿的童年。

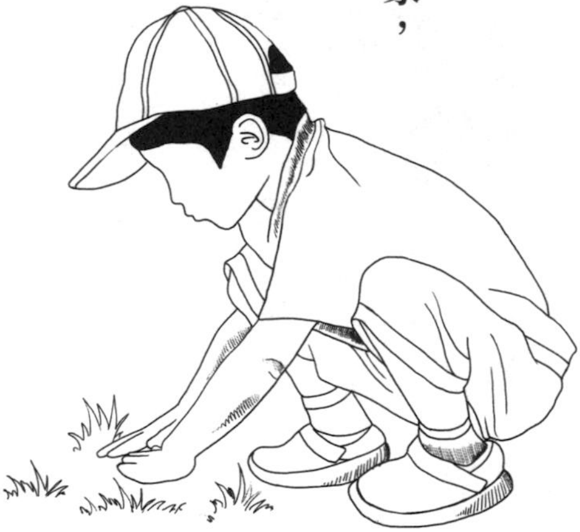

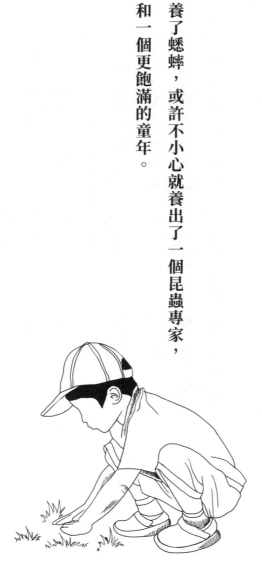

娃娃

「妳是莉莉，妳叫娜娜，妳們要當最好的朋友喔。」

「這是小狗伊比，這是小熊嘟嘟，還有倉鼠小白，他一天到晚都在睡覺……啊！你們會冷吧！快快快！進來棉被裡！」

女孩掀開被子，耐心地拎起一個個娃娃，讓他們在床上坐下。倉鼠靠著兩個疊起的枕頭，背挺得好直；洋娃娃的辮子整齊垂在肩上，裙擺被順了很多次，一點皺褶都沒有。他們安安穩穩垂著頭，像一群乖巧的孩子。

「今天有新朋友來，嘟嘟去煮一頓大餐給大家吃吧！你們以後都要相親相愛喔。」

翻找著玩具箱的女孩像隻八爪章魚，一會兒拿出煮飯的道具，一會兒來回端菜；一會兒把所有娃娃排成一圈，一會兒又要他們各自散開。她自信地笑著，手上的動作又快又熟練。

「吃飯了!大家都快點過來吧!」她開心地喊。

從頭到尾,房裡都沒有人回應。黃昏的陽光斜斜灑進窗裡,照在女孩身旁,排滿了整張床的娃娃身上。

她最喜歡這群朋友了,總是靜靜聽她的話。

生日願望

女孩雙手交握在胸前，眼前的燭光飄搖，在她臉上映成兩抹淡紅。她垂下眼，輕輕點頭，睫毛投下的陰影晃了晃，故作沉穩平靜，其實興奮得快飛上天。三個願望老早就想好了，就在等著這一天！

「記得，第三個願望不能說出來喔！」

女孩一動也不動，生怕打破這個重要儀式的神聖。耳邊傳來哥哥的輕聲嘀咕：「有差嗎？說不說都一樣啦。」

媽媽警告性地在他腿上拍了一下，有點緊張地看向女孩，生怕兩個人又在這時候吵起來；但女孩卻沒有任何反應，彷彿什麼也沒聽見。

當然不一樣！懶得和哥哥解釋，她卻暗暗露出自信的微笑。還是相信許願池和流星的年紀，女孩誠心遵守每一種許願的步驟。她知道，只要永遠不說出口，這個願望就一定會實現！

「第三個願望……」閉上眼的女孩靜靜地笑著，然後吹熄了蠟燭。

長大的女孩深深感謝發明這項規則的人，讓她在每一年的生日，還能留一個願望給自己。

卡通

「快點快點啦！」

「來了來了！」

幾張小凳子被拉到電視機前，接著是幾個乒乒乓乓搶著中間椅子的小孩。他們一手拿著玩具，一手是零食或飯碗，每次都要推擠一番才會一個個坐下，好像不這樣就找不到自己的位子。

輕快活潑的主題曲一響起，躁動就瞬間平息了。電視的藍光映在他們寫滿期待的眼中，一顆顆瞳孔好像都在發亮；偶爾也有幾聲合唱，熱烈激動，情不自禁，雖然音準總是在玩捉迷藏。

屋子外頭，夕陽西下，傍晚的大地一片柔和昏黃。

電視裡，搞笑的主角又做蠢事了，線條簡單的臉上畫著誇張的表情。明明每集遇到的都是差不多的事，他們還是會笑得東倒西歪，連眼淚都流了出來。

好像這樣笑一笑，一天才算真正結束了。

以前不懂那些愛看懷舊卡通的人，後來才知道，他們的螢幕和我們不一樣。那裡播映的，是那個單純時光裡的自己。

掉牙齒

媽媽說，這代表長大了。

女孩捏著那個白白的小東西，在日光燈下看了好久。那是她每天用手搖、用舌頭推，吃東西時還要小心避開，期待了好久終於掉下來的第一顆牙齒。

就是這個奇形怪狀，觸感也好陌生的東西嗎？

站在廁所的鏡子前，女孩咧開嘴。原本整齊的上排牙齒空了一塊，她習慣性地把舌頭推向那顆牙齒的位子，只舔到牙齦軟軟的肉，和一個凹洞。凹洞裡有個硬硬尖尖的東西，醫生說那是新牙齒，很快就會長出來了。

這就是長大的感覺嗎？

所以在牙齒掉光之前，我們都還是個孩子，對嗎？

鞦韆

感覺到後背被兩個大大的手掌抵住，用力一推，女孩咧嘴笑了開來，她挺直背脊，咻地盪到谷底，又穿過風高高飛起。

鞦韆擺到離天空最近的地方，女孩得意地四處張望，看到另一個鞦韆上的哥哥時，卻突然收起了笑容——他也盪得太高了吧！

女孩隨意晃動的雙腿突然繃緊了。咻——快要碰到地板之際，她向下使勁一蹬，好像要把自己彈上外太空；盪到最高點，她把原本屈起的小腿往前一踢再用力勾回，從腳尖到脖子都全力向上延伸，逃得離地面越遠越好。

身體像快被甩出去了，女孩有點緊張，握住鐵鍊的手用力得泛白。但她又停不下來，一心只想盪得更高，這種刺激的感覺太讓人上癮了！

「拔！你推用力一點啦！」越來越猛烈的風聲中，女孩朝背後大喊，「我要像哥哥一樣！」

「太危險了！盪得太高，摔下來會很慘喔！」

赤腳

腳心貼上一陣流水一樣的冰涼，男孩用了點力向下踩，陷進鬆軟的泥土裡，被包覆的腳掌感覺柔軟又有點麻癢。他在田埂上輕快地跑了幾步，就知道早上下過雨了。濕潤的土隨著腳步濺起，像彎彎的小蛇掛在腿上。

「走了！要回家了！」遠遠地，姊姊向他招手。

男孩大步一跨，跳到田邊的馬路上。腳下的柏油路溫溫熱熱的，路面的小顆粒按摩著腳底，好像走在陽光上。腳輕輕抬起來，地上就多了兩個髒兮兮的腳印。

「鞋子穿起來！」

「我才不要！」

打赤腳多舒服啊！哪像被包在鞋子裡，又悶又擠……咦？感覺腳下軟軟黏黏的，男孩彎下腰一看……

「啊！你踩到蚯蚓了啦！」一旁的姊姊尖叫：「就跟你說要穿鞋子了嘛！」

這鞋穿上了，恐怕就再也脫不下來，再也不會到田裡奔跑了。

吹泡泡

女孩嘟起小嘴，湊近上頭有個圓圈的小塑膠棒，輕輕吹了一口氣，一顆泡泡搖搖晃晃地成形了……

「啵！」一旁的男孩伸手戳破剛飛出的泡泡。

女孩連忙把小塑膠棒放進裝泡泡水的罐子裡，一邊搖著罐子，手裡的塑膠棒也不停旋轉，撞出咚咚的聲音。她又吹了一次，泡泡水沿著螢光綠的握柄，滴在她胖胖的手背上，小泡泡接連著飛上天，像圓形的彩虹……

「啵！啵！啵！」泡泡還是被跳上跳下的男孩打破了，他一邊揮著手臂，一邊咯咯笑了起來。

女孩又深吸一口氣，把小網子舉到嘴邊。這次，她的臉頰鼓得漲紅，眼角已經閃著委屈的淚光……

不論多短暫，至少那些泡泡曾在陽光下美麗過，對吧？
致：明知終將破滅仍勇敢作夢的我們。

吵架

「是你用的！」
「不是！」
「就是！」
「的相反！」
「再相反！」
「再相反，句號！」
「擦掉句號變成逗號，再相反！」
「再相反，永遠擦不掉的句號！」
「吼你很奇怪欸！」
「你才騎馬打妖怪啦！」
「你才！罵別人就是罵自己！」

「我要去告老師喔！」

「哈哈你要告老師喔，去法院告啊！」

「哼！」「哼！」

男孩暗自下定決心，這次真的再也再也不理他了。

不然，至少……至少一整天！

小時候不知不覺和好的人，都是在長大後，不知不覺走散的。

火車

他把鼻子貼在冰涼的玻璃上，壓成扁扁的形狀。窗外的房子和樹全都快速往後跑，延伸成好多條不停變換顏色，沒有盡頭的直線。

「爸爸爸爸！那個是什麼山啊？」

「爸爸你看！車子跑得比我們慢耶！」

「為什麼雲都不會動啊？」

男孩看得眼花撩亂，聽不見隔壁座位小小的打呼聲。魔術一般不停幻化的風景映在他好奇的眼裡，像一顆滾動七彩顏色的水晶球。

「爸爸爸爸！」明明一直沒有聽見回應，他還是忍不住要說：「可不可以每天都坐火車啊……」

到了有能力回答所有好奇的年紀，我們都不再問問題了。

扮家家酒

「我要當媽媽！你當爸爸！你當寵物小貓！」

幾片葉子和石頭被精心擺放，圍成一圈，代表一頓豐盛的晚餐。女孩插腰指揮好所有人的角色，然後心滿意足地坐下，換上優雅的微笑。

「老公！你回來啦！」

假裝走進門的男孩頓了一下，搖搖頭，「不對不對，妳應該叫我孩子的爸，而且假裝生氣地問我怎麼那麼晚回家，是不是去喝酒了。」

「但我們家都是這樣的啊！」

「不然妳說，」他們同時轉頭，看向坐在一旁，專心扮演一隻安靜貓咪的女孩，「妳媽媽都怎麼叫妳爸爸？」

「欸？我沒注意過耶！」

「啊算了算了！就跳過這段啦！」

遊戲又繼續進行，他們津津有味地享用不能吃的晚餐，看著隱形的電視，聊一些自己也聽不懂的天。

就這樣日復一日，複製著眼裡的大人世界，總覺得永遠有新情節，永遠也玩不膩。

其實，大人也愛玩扮家家酒。

只是玩得比較真，比較久。

禁忌

銀色的亮光灑在床頭，男孩的手緊緊捏著棉被，不安地往窗外一望，那抹月色讓他背脊發涼。

腦海中不知道是第幾次重播起那段對話，像一個無止境的惡夢。

「你們看，月亮好圓喔！」

「齁——你完蛋了！指月亮會被割耳朵喔！」

惡夢最後的畫面，總停在他垂在半空中的手指，蒼白脆弱，而且微微發抖。

男孩輕輕搓揉著耳垂，有種若有似無的刺痛。睏意漸漸襲來，但他又害怕睡著，強撐著沉重的眼皮，眼淚都快流出來了。

只有指一下下而已，應該不會怎樣吧……

早晨的日光透進窗戶，男孩惺忪地睜開眼，稍稍清醒了，就馬上伸手往臉頰旁探去。他咬住下唇，用力吸了一口氣……

「呼！還好！」他喃喃自語，一手拍了拍胸口，一手撫著成功守住的耳朵。

百年的古老傳說，早就失去了效力；

現實中真正碰不得的禁忌，沒有人會告訴你。

好好走路

黑色磁磚都是炸彈，碰到就會爆炸，OVER！

「收到！」男孩低語。

他右跨，左跳，就要度過危險區了。「啊！」腳尖不小心壓在黑色方格的邊線上，男孩踮起腳，整個身體搖搖晃晃……

「可惡！」又被炸到了啦！

男孩抬頭，看見前面的人行道旁有個花圃，想也沒想就快步跑過去。踩上磚頭堆起的小圍堤，他張開手臂保持平衡，緊盯著腳下窄窄的一排土紅色，腳跟貼著腳尖前進。

深吸一口氣，他想像自己走在鋼索上，底下的觀眾大聲歡呼，記者們都等不及要採訪他了。他要練習如何帥氣的揮手，最好加個花式動作……

「好好走路！」

媽媽好像在說什麼？唉呀不管了啦！
他現在可是馬戲團大師欸！

整座城市都是你的表演台！要記得喔！

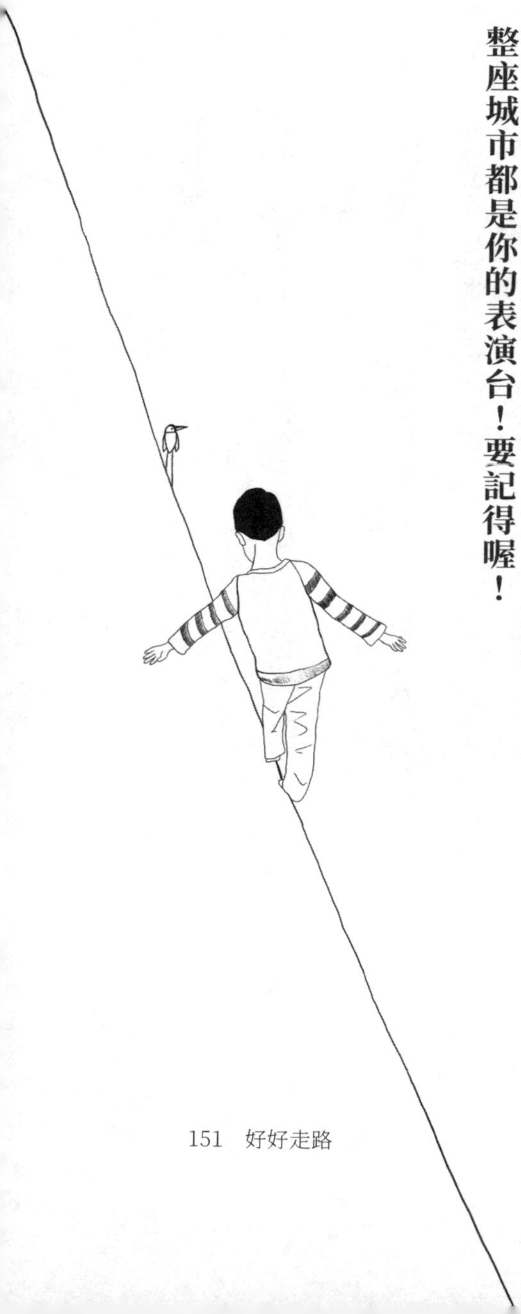

棒棒糖

拿到老師給的棒棒糖，小女孩馬上撕開鮮豔的包裝紙，迅速把糖果塞進嘴巴裡。

濃烈的甜膩擴散開來，她也幸福地笑了，眼睛彎成細細的新月，然後才想起什麼似地抬起頭，「謝謝老師！」

女孩喜歡叼著棒棒糖，慢慢地到處散步。偶爾轉一轉露在外頭的紙棒子，圓圓的糖果就會在舌頭上打滾，把每個角落刷上甜味。感覺就連說話時，每個字都會帶著水果香。

她更喜歡把它舉在眼前欣賞，陽光下，含過的棒棒糖會變得很漂亮，是有點透明，又很閃亮的顏色。像彩色玻璃紙，或剛放晴時的彩虹，夢幻得不可思議。

好希望有一根巨大的棒棒糖喔。女孩珍惜地捏著小小的紙棒子，心裡想著。這樣就可以吃好久，她的笑容也會一直掛在臉上，好久好久都不會融化了……

為什麼世界上越美好的東西，總是消失得越快？

拜拜

爺爺奶奶都低頭閉著眼唸唸有詞，只有小男孩偷偷睜開眼睛。

他可以和大人一樣自己拿一炷香了！男孩又興奮又緊張，他好想知道爺爺奶奶在說什麼，又不敢亂動，只好看著香上晃啊晃的小紅點。細絲一樣的煙不停飄出來，扭曲纏繞成各種形狀。他專注地盯著一縷灰煙慢慢飛上天，正想跟隨它們，煙就咻地飄散了。

男孩仰起頭，天花板中間一圈金色的凹洞看得他頭昏眼花，一層層繁複的雕刻堆疊向上，也不知道有多深。他看向牆上的圖畫，才發現每一面牆都不一樣。右邊有龍，左邊是一隻白色的大老虎，上面還有一格一格的人物畫，難道神明也想看漫畫嗎……

被爺爺罵的時候，男孩正在努力讀出圖畫旁的字。

「拜拜的時候要專心！不要東張西望！」

男孩乖巧地低下頭，沒多久又瞇起眼，開始觀察地磚上的六角形……

我沒有分心，只是可以專心的事情太多了！神明會懂的。

怕黑

男孩全身被棉被裹得緊緊的，只露出兩顆眼睛，隱沒在黑夜中。

他戒備地左顧右盼，卻又害怕，目光像恐怖片的鏡頭，移動得好慢好慢。男孩抓住床單的手不停發顫，一片漆黑中所有感覺都被放大，床鋪的微微晃動簡直就像地震。

為什麼小夜燈偏偏要在這時候壞掉啦！

原本還想拉開窗簾，讓月光照亮房間，沒想到無月的夜黑得更嚇人。就算漸漸適應黑暗了，房間裡還是有好多他看不見底的角落。書櫃的格子變得好深，玩偶可愛的臉只剩模糊的輪廓，扭曲又詭異。

每天生活的地方突然陌生了起來，總覺得在他看不見的那頭，有什麼正在騷動，下一刻就會突然冒出來……

「啊——」男孩鼓起勇氣跳下床，不敢回頭地衝出房間。

「你在幹嘛！不是去睡覺了嗎？」
「我……我今天要跟你們睡！」

長大的路上，
我們終於連害怕的權利也被沒收了。

看雲

天空中間有一頭跑得好快的大象，白白胖胖的，大概是快生baby了吧！跑著跑著，牠的鼻子捲成了一顆蘋果，蘋果後面還有個穿洋裝的小女孩，撐著一把小傘，不對，是魔法棒。魔法棒上的星星缺了一角……

女孩和蘋果全撞進天邊一朵好大的雲裡，不見了。要是有飛機從中間飛過，裡面的人只要打開窗戶，是不是就可以抓住雲？如果雲真的是棉花糖，那傍晚的雲是不是橘子口味的？厚厚的雲看起來又軟又舒服，在上面走路，會不會陷進去啊？

爸爸說，爺爺到天上去了，他是住在雲上的房子裡嗎？

男孩躺在草地上，一躺就是一個下午。

他以為學校老師能回答這些問題，結果，他們把他的美夢，
變成了一大團冰晶和水滴。

小毯子

總覺得少了什麼。

香甜的睡眠突然被打斷，男孩不滿地皺起眉頭，感覺一切都不對勁了。是味道嗎？他每晚夢裡的，混和嬰兒的奶香和棉被堆氣息的味道突然消失了。他伸手揮了揮，懷裡也空得奇怪，本來應該要碰到一片柔軟的……

「妳又把我的小毯子拿走了！」

男孩生氣地睜開眼，瞪著床邊的媽媽，和她手中那條破舊泛黃的毯子。

「它都這麼髒了，我再買一條新的給你嘛。」

「不要！我就要這個！」

男孩一把搶回小毯子，翻了個身躺好。強烈的睡意再次襲來，他感到前所未有的安心，眉眼祥和地舒展開來，呼吸也漸漸變得平穩綿長。「都幾歲了啊……」隱約聽見媽媽這麼說，他抬腿跨在小毯子上，把它護得更緊了。

不管到了幾歲，都沒有人能搶走它！

小毯子和他的依賴、純真，如同那些只應存在孩子身上的一切，
到最後，都是被自己丟掉的。

水族箱

隔著玻璃，兩對漆黑的圓眼睛相遇了。

男孩微踮腳尖，鼻尖近得幾乎要貼到水族箱上，一隻小灰魚停在他面前，一動也不動。

他往右走，小魚也慢慢游過去，半透明的鰭輕輕晃動，滑過缸底七彩的小石子。他們依然對望著，男孩想，那隻小魚一定有很多話想說。牠想出來嗎？那他們可不可以交換啊，他一直都好想住進那個繽紛可愛的水世界裡……

「你在這裡啊！我們該回家了！」

「噓！」男孩看著大步走來的媽媽，把食指用力抵在唇上，「妳會嚇跑小魚啦！」

轉過身，小灰魚已經失去了蹤影。男孩扶著玻璃伸長了脖子，找遍水族箱的每個角落，可是牠不在打氣機的泡泡堆，也不在小小的磚屋裡。

「啊！你在這裡啊！」

飄搖的水草間，閃著若隱若現的銀光。

後來男孩把魚買回家養，幾年後才發現，自己很久沒有盯著牠看了。

廚房

禁止進入的神祕隔間外，女孩已經探頭探腦很久了。

混雜的香氣一波接著一波湧出，味道很熟悉，又分不出有些什麼。白煙擋住了女孩的視線，伴隨陣陣襲來的熱氣，隔間裡亮著光的那一角顯得更加神祕。

「唰——」緊接著是嗶嗶啵啵的炸裂聲，抽油煙機開始嗡嗡作響，女孩的肚子也咕嚕咕嚕加入了合奏。她再也藏不住好奇心，抬起腳，很輕很輕地往裡頭一跨——

可惡，被發現了。

「煮飯的時候不可以進來！」被熱氣薰紅臉的媽媽向女孩走來，隨手在圍裙上抹掉指間的油汙，不顧女孩微弱的抗議，又把她抱回了客廳。

「乖！晚餐很快就好了喔。」

小時候只覺得廚房香，裡頭的汗水味，要長大後才聞得出來。

塗鴉

太陽是黃色！

雲是淺藍色！

爸爸……爸爸是灰色，因為他上班都穿灰色西裝和拿灰色包包。媽媽是粉紅色，粉紅色是最漂亮的顏色。我是綠色，因為我最喜歡的恐龍娃娃是綠色的……

男孩用整隻手握住粉蠟筆，在太陽上加了個笑臉，完成！

「媽媽！」他開心地叫，髒兮兮的手在衣角抹了抹。得意的笑容掛在男孩佈滿七彩色粉的臉上，他滿心期待有人來稱讚他畫的全家福，來的卻是拍在手上的一巴掌。

「唉唷！你怎麼可以在牆壁上亂畫啦！」

男孩不是沒試過畫在紙上，只是紙太小，沒辦法把家人和世界都畫在裡面。

公主王子

女孩把浴巾披在肩膀上，項鍊是從媽媽的抽屜拿來的，都已經垂到肚子了，女孩又在脖子上繞了一圈。「從今天開始我就是公主了！」

她風一樣地跑到客廳，指著沙發上的家人大聲說：「弟弟是小王子。你是國王，妳是皇后！」眼神飄到剛和她吵完架的姊姊身上，她哼了一聲轉過頭，「你不能當公主！」

爸爸輕聲笑了一下，伸手想幫女孩整理頭髮，她又已經跑回房間，指著床頭的一排娃娃，「從今以後你們都是我的朋友了！你是小豬小王子，你是圓圓小公主⋯⋯」

「公主每天都要穿裙子，而且要亮晶晶的、粉紅色的那種澎澎裙！」

「以後不可以直接叫我的名字，要記得加上公主喔！」

「好了，公主殿下，該睡覺了吧。」

在媽媽替她拉上被子前，女孩又跑進浴室裡，對著鏡子心滿意足地笑了一下，才回到床上。

現在只是在練習，她想，長大後自己一定會當上公主的！

只要和爸媽在一起，她永遠都是小公主。

偶像

「誰是世界上最帥的人？」

「把拔！」

「誰是世界上最聰明的人？」

「把拔！」

「妳長大要和誰結婚？」

「把拔！把拔！」

「嘴巴真甜喔！」阿姨刮了刮小女孩圓滾滾的臉頰，嘟嘴逗著她。女孩往爸爸的懷裡縮，感覺他布滿鬍渣的下巴在自己的額頭蹭呀蹭，刺刺癢癢的，女孩咯咯笑了。

她其實不知道什麼是帥或聰明，也不知道結婚了可以幹嘛，只知道那都是很好很好的意思，而爸爸是世界上最好的人。

她還知道，那一雙環著自己的強壯手臂，就是她的全世界。

女孩很快就飛向更大的世界了，毅然決然，無所畏懼。
因為她知道，最溫暖的那一個永遠會守在背後，等她疲倦時回頭。

床邊故事

「然後，王子騎著他的快馬……」

媽媽溫柔的聲音環繞在耳邊，越來越模糊，女孩的眼睛漸漸闔上。她感覺自己不斷下陷，深深陷進棉花一樣的床鋪裡，身邊還充滿令人安心的氣味……

「我、我還在聽！」有著穩定頻率的聲音突然斷了，女孩掙扎著睜開眼，看向床邊。

媽媽輕笑一聲，在她胸口拍了拍。

「好，我知道。就這樣，王子到了深山裡……」

雖然從來沒有成功地保持清醒直到故事結束，但女孩想，她知道結尾是什麼。

結尾就是，媽媽替她塞好被角，柔軟的唇在她額上輕輕一觸，然後走出房間，讓雪白月光灑進她一整夜的好夢裡。

晚安。過了聽故事的年紀以後，我們都要學會對自己說。
好好許自己一個寧靜的夜，然後，好好迎向每個需要勇氣的明天。

心星01

長大後，不想忘記的事

一不小心就變成討厭的大人了

作者　林佩妤
總編輯　彭瑜亮、陳品誼
設計　宋柏諺
校對　鄭雅婷
出版行政　陳芊霏
出版　亮語文創教育有限公司
地址　新竹縣 30268 竹北市光明九路 252 號
電話　03-5585675
電子信箱　shininglife@shininglife.com.tw
印刷　漾格科技股份有限公司

總經銷　知己圖書股份有限公司
台北公司　台北市 106 辛亥路 1 段 30 號 9 樓
電話　02-23672044
傳真　02-23635741
台中公司　台中市 407 工業區 30 路 1 號
電話　04-23595819
傳真　04-23595493
出版日期　2020 年 6 月初版一刷
定價　320 元
書號　AB003
ISBN　978-986-97664-2-5

國家圖書館出版品預行編目 (CIP) 資料

長大後，不想忘記的事 / 林佩妤著 . -- 初版 . --
新竹縣竹北市：亮語文創教育, 2020.06
面；　公分 . -- (心星；1)
ISBN 978-986-97664-2-5(平裝)
863.55　　　　　　　　109004742

詩控城市

作者 / 亮孩
定價 / 280元

你綁著繩子 / 是為了能安心飛翔嗎?〈風箏〉
被框住的你們 / 幸福嗎?〈婚紗照〉

簡單的二行詩,卻能勾勒出複雜的城市意象;
看似規律繁華的城市,其實早已混亂失序!

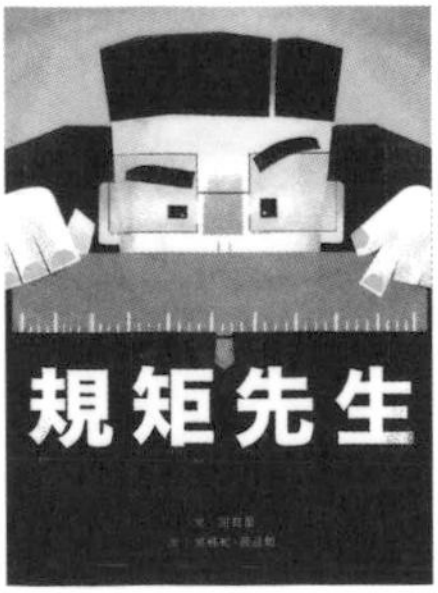

規矩先生

作者 / 謝有童
定價 / 290元

規矩先生的人生就如同名字一樣,規規矩矩的唸完了書、找了工作、娶了太太,過著規律又規矩的生活。女兒出生了,規矩先生全心要把她打造成規矩女孩,卻掀起一連串的美麗風暴……

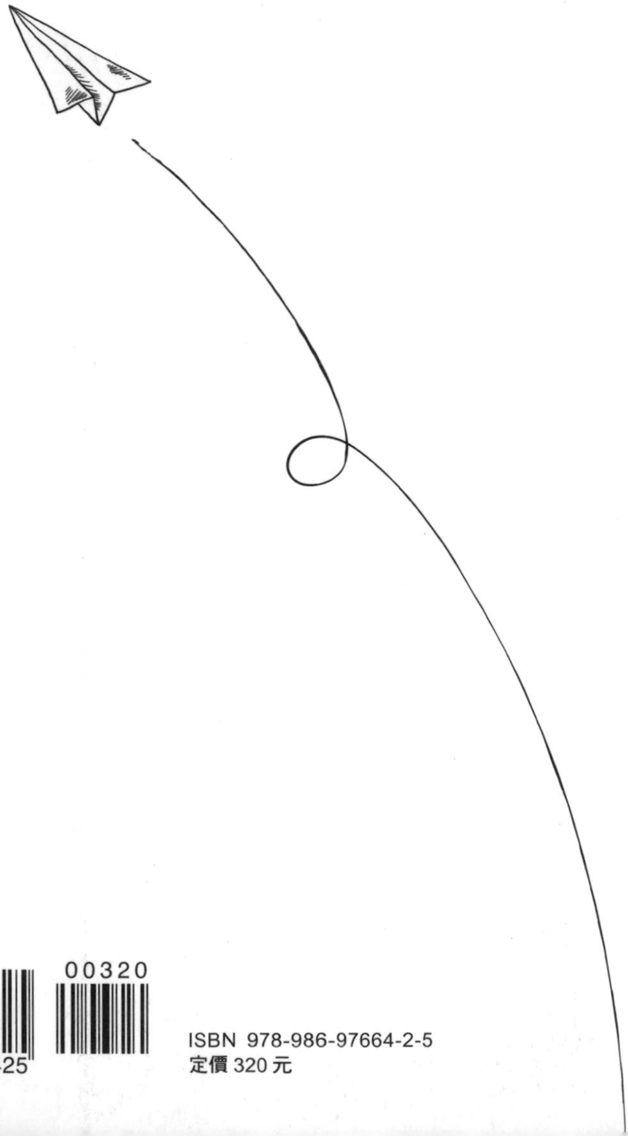

ISBN 978-986-97664-2-5
定價 320 元